酒顛補目錄

上卷

中卷

下卷

與兄子秀書

宋陳暄

酒顛補目錄終

酒顛補卷上

茸城眉公陳繼儒采輯

遺冠雪政 以下七十二則補叙酒人

齊桓公飲酒醉遺其冠恥之三日不朝管仲曰公胡不雪之以政公曰善因發倉廩賜貧窮論囹圄出薄罪處三日而民歌之曰公胡不復遺其冠乎 韓子

夜辱樂身

景公飲酒移於晏子之家晏子立于門曰國得無有故乎君何爲非時而夜辱公曰酒醴之味金石之聲願與夫子樂之晏子曰臣不敢與焉公乃移於司馬穰苴之家穰苴荅如晏子公復移于梁丘據據左執琴右擁竽行歌而至公曰樂哉無彼二子

何以持國無此一臣何以樂身晏子春秋

焉用聖人

臧武仲如晉雨過御叔御叔在其邑將飲酒曰焉用聖人我將飲酒而已雨行何以聖為左傳

易内而飲

齊慶封好田而嗜酒以其内實遷于盧蒲

嫳氏易内而飲酒注云内實寶物妻妾也移而居嫳家左傳

窟室夜飲

鄭伯有嗜酒為窟室而夜飲擊鐘焉朝至未已注云窟室地室左傳

聖賢能飲

平原君強子高酒曰昔有遺諺堯舜千鍾

孔子百觚。子路嗑嗑。尚飲十榼。古之聖賢無不能飲。吾子何辭焉。孔叢子

最歡一石

齊威王置酒後宮。問淳于髡曰。先生能飲幾何而醉。對曰。臣飲一斗亦醉。一石亦醉。王問故。髡曰。賜酒大王之前。執法在前。御史在後。髡恐懼。飲不過一斗徑醉矣。若乃履舄交錯。杯盤狼籍。堂上燭滅。主人留髡而送客。羅襦襟解。微聞薌澤。當此之時。臣心最歡。能飲一石。史記

司諫醉舞

紹興中。王鈇帥番禺。有狼籍聲。朝廷令司諫韓璜往廉按。王憂甚。有妾故錢塘倡也。王告之故。妾曰。不足憂。璜舊遊妾家。最好

歡。强邀之飲。妾當敗其守。已而韓至。王郊迎不見。入城見。不交一談。次日報謁。王宿治具於別舘。固請乃許。水陸畢陳妓樂大作。旣而王麾去妓樂。迎入後堂劇飲。酒半。妾於簾内歌。韓昔日所贈之詞。韓聞之狂不自制。卽欲見之。妾隔簾故邀其引滿。再三。終不肯出。韓心益急。妾曰。可諫曩在妾家。最善舞。今日能爲妾舞。卽當出。韓醉甚。卽索舞衫。塗抹粉墨。踉蹡而起。忽跌于地。王亟命索輿。扶掖而登。歸寢。酒醒。覺衣衫辜緋。索燭覽鏡。羞愧解去。不復有所問。鶴林玉露

禁中大噱

富平侯張放淳于長等。成帝愛幸。入侍禁

中設宴飲之會及趙李諸侍中引滿舉白談笑大噱（漢書）

士卒淪没

苻堅使吕光討西域至龜兹胡人厚於養家有蒲萄酒或至千斛十年不敗士卒淪没酒藏者相繼矣（晋書載記）

去衣露形

孝靈末百司湎酒酒千文一斗常侍張讓子奉爲太醫令與人飲輒去衣露形爲樂也（典論）

遠别能飲

邴原辭家求學八九年間酒不向口臨别師友以原不飲酒會米肉送原原曰本能但以荒思廢業故斷之耳今當遠别因

見既餞可以燕飲於是共坐飲酒終日不醉魏志

不用常桮

諸阮皆能飲酒仲容至宗人間共集不用常桮斟酌以大甕盛酒圍坐相向大酌世說

糟肉堪久

孔羣好飲酒王丞相語云卿何恒飲酒不

見酒家覆瓿布日月糜爛羣曰不爾不見糟肉乃更堪久世說

自號上頓

王忱嗜酒醉輙經日自號上頓世喭以大飲爲上頓起自忱也宋書

建康醞美

顧憲之元徽中爲建康令爲政甚得人和

故都下飲酒醇旨者號爲顧建康謂其清且美也宋書

文飲席兩美

梁武帝招延後進二十餘人置酒賦詩臧盾以詩不成罰酒一斗飲盡顏色不變言笑自若蕭介染翰便成文無加點帝兩美之曰臧盾之飲蕭介之文卽席之美也梁書

生活似勝

胡叟少聰敏披讀羣籍再閱于目皆誦于口蓬室草筵惟以酒自適謂友人宗舒曰我此生活似勝焦先魏書

師阮步兵

李元忠雖處要任不以物務干懷唯以聲酒自娛園庭羅種果藥親朋尋詣必留連

宴賞每挾彈攜壺遊遨里閈每言阮步兵吾師也孔少府豈欺我哉北史

盜竊求乞

齊郡王簡性好酒不能理公私之事妻常氏斡綜家事頗節簡飲乃至盜竊求乞婢侍卒不能禁北史

鹽酒同味

太宗引崔浩論事語至中夜大悅賜浩縹醪酒十斛水晶戎鹽一兩曰朕味卿言若此鹽酒故與卿同其味也魏書

髻金叵羅

齊著作郎祖珽有文字多技藝而粗率無行嘗因宴醉失金叵羅於珽髻上得之北齊書

醉舞不止

孫權請顧雍父子及孫譚。時爲選曹尚書。見任貴重。是日孫權忻。譚醉酒。三起舞。舞又不知止。雍明日召譚訶責之。江表傳

莫吐相茵

林蘊任不稱意。縱酒自適。多忤時政。白居易贈詩戒之曰。世上如今重檢身。吾儕恃

酒似狂人。西曹舊日多持論。愼莫吐他丞相茵。閩中才士傳

從事沐帥

武元衡帥西川大宴。從事楊嗣復狂酒。逼元衡大觥不飲。遂以酒沐之。元衡拱手不動。沐訖。徐起更衣。終不令散宴。乾𦠆子

麴糵摧人

崔櫓酒後失以詩謝虞州陸郎中肱曰醉時顛蹶醒時羞麴糵摧人不自由叵耐一雙窮相眼不堪花卉在前頭摭言

二盤無餘

王源中文宗時爲翰林承旨暇日與昆季擊毬誤中源中額有損俄有急召上訝之源中實以上聞上命賜酒二盤每盤十金碗每碗容一升許宣令并碗賜之源中飲之無餘略無醉容摭言

蔟器並飲

朱溫初兼四鎮蜀遣潘屹持聘屹每讌飲禮容益恭溫飲酣謂曰押衙能飲一盤器物乎屹曰不敢乃蔟在席器皿次第注酌屹並飲之愈溫克溫謂其歸館多應傾瀉

因臥遣人偵之吮簪筍籜冠釋所得醖物

北夢瑣言

欲覩別腸

閩主延羲與翰林學士周維岳嘗會飲極酣因顧左右曰維岳身軀甚小能飲如許酒左右曰酒有別腸非可以肌體論延羲欣然使拽維岳下殿將取別腸而視之左右善對曰今侍奉飲樂惟維岳最有殊量取其別腸是無可陪奉者延羲然之獲免

五國故事

飲冬瓜片

閩王延羲審知之子也即位後爲長夜之飲以銀葉爲酒杯賜飲羣下銀葉即柔弱因目之爲冬瓜片又名之曰醉如泥酒旣

盈不復置他所惟飲盡乃可罷之五國故事

後宮醉妝

後蜀王衍後宮皆戴金蓮花冠酒酣免冠其髻鬆然更施朱粉號醉妝國中人皆效之五國故事

君臣懽笑

宋眞宗嘗曲宴羣臣於太清樓君臣懽笑無間忽問廛沽中貴人以實價對上遽問近臣唐酒價惟丁晉公奏曰每斗三百上曰安知丁曰臣嘗讀杜甫詩云速來相就飲一斗恰有三百靑銅錢是知一斗三百上大喜玉壺清話

飲玉蓮杯

王永年嘗置酒延賓卞楊繪於室出其妻

間坐妻以左右手掬酒以飲下繪謂之白玉蓮花杯竇子野酒譜

飲人狂藥

長水校尉孫季舒嘗與石崇酣燕傲慢過度崇欲表免之裴楷聞之謂崇曰足下飲人狂藥責人正禮不亦乖乎楷傳

花前醉鄉

許碏遍遊名山嘗作詩曰閬苑花前是醉鄉誤翻王母九霞觴羣仙拍手嫌輕薄謫向人間作酒狂列仙傳

紅友黃封

常州宜興縣黃土村東坡南還北歸常與單秀才步月至其地地主携酒來餉曰此紅友也坡曰此人知有紅友而不知有黃

封可謂快活鶴林玉露

杯賢杓聖

壺隱仙人嘗吟詩曰杯賢與杓聖與我萬户封樹萱錄

白擲劇飲

元行恭少頗驕恣父文遥令與盧思道交遊文遥嘗謂思道曰小兒微有所知是大

弟之力然白擲劇飲甚得師風思道答云大郎神情儁邁自是克符堂構而白擲劇飲亦天性所得北齊書

歌呼和吏

曹參代蕭何爲丞相一遵何約束日夜飲醇酒卿大夫及賓客欲言至者參輒飲醉之終莫得言相舍後園近吏舍日夜歌呼

從吏惡之。請參遊園中。聞幸召按之。乃反
取酒張飲。歌呼與應和。史記

水酒羣臣

孫權於武昌臨釣臺飲酒大醉。令人以水
灑羣臣曰。今日酣飲。醉墮臺中乃當止耳。吳志

甕縛吏部

太興末。畢卓爲吏部郎。比舍郎釀酒熟。卓
因醉夜去其甕閒取酒飲之。掌酒者謂是
盜執縛之。郎往視。乃畢吏部也。卓引主人
於甕側取醉而去。晉中興書

酣法何得

衡陽王義季素嗜酒。略少醒日。文帝詰責
曰。將軍蘇徽耽飲成疾。旦夕待盡。一門無

此酬法汝於何得之宋書

糟漿逆鼻

子產之兄曰公孫朝聚酒千鍾積麴成封
望門百步糟漿之氣逆於人鼻方其荒於
酒也不知政道之安危人理之悔吝室內
之有無九族之親踈雖水火兵刃交於前
不知也列子

醼遊玄圃

高帝幸東宮召諸王醼飲因遊玄圃園長
沙王晃捉華蓋臨川王英執雉尾扇聞喜
公子良持酒鎗南郡王行酒武帝與豫章
王嶷及王敬則自捧殽饌高帝大飲賜武
帝以下酒並大醉盡歡焉齊書

神全不懼

夫醉者之墜車也雖疾不死骨節與人同犯難與人異其神全也乘亦不知也墜亦不知也死生驚懼不入乎其胸是故遻物而不慴彼得全於酒而猶若是况得全於天乎列子

酒池肉林

紂車行酒騎行炙二十日爲一夜按紂以酒爲池因謂以車行酒以肉爲林因謂以

騎行炙耳或是釀酒滂沱於地因以爲池釀酒積糟因以爲丘懸肉似林因言肉林也論衡

抵破書案

更始韓夫人尤嗜酒每侍飲見常侍奏事輒怒曰帝方對我飲正此時持事來乎起

抵破其頭後漢書

面折同列

馬武爲人嗜酒闊達敢言時醉在御前面折同列言其長短無所避忌帝故縱之以爲樂笑後漢書

搏擊左右

胡綜性愛酒醉後讙呼極意或推引杯觴

搏擊左右權愛其才不備責也吳志

携樽登覽

趙季仁言朱文公每經行處聞有佳山水雖迂途數十里必往遊焉携樽酒一古銀杯大幾容半升時飲一杯登覽竟日未嘗厭倦鶴林玉露

宣勸灌死

蔡攸嘗賜酒禁中。徽宗頻以巨觥宣勸之。攸懇辭不任杯酌，將至顛蹶。上曰：就令灌死，亦不至失一司馬光也。鶴林玉露

洗梨花妝

洛陽梨花時，人多携酒其下，曰爲梨花洗妝。唐餘錄

濯麴蘖腸

房壽勸吳田以觥轉覆田。田懼其深，曰：但見龍門溪水，濯麴蘖腸耳。叩頭錄

鼻尖挑魔

唐元載不飲，羣僚百種強之，辭以鼻聞酒氣已醉。其中一人謂可用術治之，取針挑元載鼻尖，出一青蟲如小蛇，曰：此酒魔也。聞酒即畏之。元載是日飲一斗，五日倍是。

玄山記

毛髮識味

石裕方明造酒數斛忽解衣入其中恣沐浴而出告子弟曰吾平生飲酒恨毛髮未識其味今日聊以設之庶無厚薄 酒中玄

携聽黃鸝

戴顒春日携雙柑斗酒人問何之曰往聽黃鸝聲此俗耳鍼砭詩腸鼓吹 高隱外書

奪履飲酒

趙廷芝安成人作半月履裁千紋布為之托以精銀緶以絳蠟唐輔明過之奪以貯酒巳乃自飲廷芝問之答曰公器皿太微此履有滄海之積耳 淡豐居士安成記

每日邀賓

龍山康甫慷慨不羈每日置酒於門邀留賓客不住者贈過門錢日費酒觴榹二十

放懷集

爭春大宴

揚州太守園中有杏花數十畷每至爛開張大宴一株令一倡倚其傍立館曰爭春開元中宴罷人或云花有歎聲 揚州事跡

量廣雞舌

飲酒者嚼雞舌香則量廣浸半天回則不醉 酒中玄

酔用鮫胎

張寶常使子弟巡市乞雞鴨卵殺雞卵以煮藥鴨卵以金絲縷海棠花名鮫胎盞酔後畏酒時多用之 就印錄

少延清歡

陶淵明得太守送酒。多以春秋水雜投之。曰少延清歡數日。淵明別傳

一客一婢

陳无咎宴客。一客用一婢典斟。必十二斟而後使滿以盡誠敬。洛都要記

金樽盈座

河間王夜飲妓女謳歌。一曲下一金牌席終金牌盈座。豊盈傳

吞花卧酒

虞松方春以謂握月擔風。且期後日。吞花卧酒不可過時。曲江春宴錄

鹿腸懸注

虢國夫人就屋梁上懸鹿腸於半空。筵宴

則使人從屋上注酒於腸中結其端欲飲則解注于杯號洞天聖酒（酒中玄）

雙珠爲吉

洛陽人有妓樂者三月三日結錢爲龍作錢龍宴四圍撒真珠厚數寸以斑螺令妓女酌之仍各具數得雙者爲吉妓乃作雙珠宴以勞主人又各作錫緩帶以一丸錫舒之可長三尺者賞金菱角不能者罰酒（粧樓記）

九吐爲神

酒席之士九吐而不減其量者爲酒神（醉録）

烏梅解酲

陳永陽王宿酲未解則爲蜜漬烏梅每啖不下二十枚清醒乃已（樵人直話）

毛詩代燭

倪芳飲後必有狂怪恬然不恥嘗以毛詩卷染油代燭醉遊徹曉（醉仙圖記）

晚年舊好

長安孫逢年日一醉無虚日妓妾皀綺羅者二百餘人晚年衰憊而舊好不衰（長安後記）

爭豪歌舞

隋諸葛昂高瓚爭爲豪侈昂屈瓚串長八尺餅闊丈餘餤粗如柱酒行自作金剛舞以送之瓚復屈昂以車行酒馬行肉碓斬鱠磑蒜虀自唱夜叉歌以送之（朝野僉載）

花露潤肺

楊貴妃每宿酒初消多苦肺熱凌晨傍花枝吸花上露潤肺（天寶遺事）

酒顛補卷上終

酒顛補卷中

茸城眉公陳繼儒采輯

酒之始終（以下四十一則補敘酒品）

空桑穢飯醞以稷麥以成醇醪酒之始也烏梅女䴷（音完）甜醹（音乳）九酘（音豆）澄清百品酒之終也（酒經）

酒之好惡

桓公有主簿善別酒有酒輒令先嘗好者謂青州從事惡者謂平原督郵青州有齊郡平原有鬲縣從事言到臍督郵言在鬲上住（世說）

古名醴酪

古有醴酪禹時儀狄作酒（古史考）

始作醪味

儀狄始作酒醪。變五味。少康作秫酒。（世本）

五齊之名（齊音薺）

酒正掌酒之政令辨五齊之名。一泛齊。二醴齊。三盎齊。四緹（音體）齊。五沈齊。注云泛者。成而滓浮泛泛然如今宜城醪。醴者成而滓汁相將如今甜酒。盎者成而翁翁然葱白色如今鄭白。緹者成而紅赤如今下酒沈者成而滓沈如今造清。（周禮）

九醞之法

漢制宗廟八月飲酎用九醞以正月旦作酒八月成名曰酎一日九醞一名醇酎。（西京雜記）

天之美祿

酒者天之美祿帝王所以頤養天下享祀

祈福扶衰養疾百禮之會非酒不行漢書

人之歡伯

焦氏易林坎之兌曰酒為歡伯除憂來樂

實子野酒譜云蓋其可愛無貴賤賢不肖

夷夏共甘而樂之天中記

釀飲諸名

醁酒毋也醴一宿成也醪渾汁酒也酎三

薰酒也醨薄酒也醑旨酒也曰醾曰醙白

酒也曰醲曰醞造酒曰酤買之曰沽當肆曰鑪

釀之再亦曰酘漉酒曰釃酒之清曰醥厚

曰醹相飲曰配相強曰浮飲盡曰釂使酒

曰酗甚亂曰醟音詠飲而面赤曰酡病酒曰

酲主人進酒于客曰酬客酌主人曰酢獨

酌而醉曰醮出錢共飲曰醵賜民共飲曰

醲不醉而欱曰醥音婢 說文

華夷衆品

酒則郢之富水烏程之若下滎陽之土窟春富平之石凍春劍南之燒春河東之乾和蒲萄嶺南之靈溪博羅宜城之九醞潯陽之湓水京城之西市腔蝦蟇陵之郎官清河漢又有三勒漿類酒法書波斯三勒謂庵摩勒毗黎勒訶黎勒國史補 已上總敘

蘭英

漢書禮樂志云百末旨酒布蘭生謂以百華末雜酒芬香若蘭之生枚乘七發云蘭英之酒酌以滌口

桑落

河中桑落坊有井每至桑落時取其寒暄

得所以井水釀酒甚佳故名齊民要術云
索郎桑落反語也

玉薤

玉薤隋煬帝酒名此酒本學釀於西胡人豈非得大宛之法司馬遷所謂富人藏萬石葡萄酒數十歲不敗者乎龍城錄

酴醾

李絳在相位多直言上曰絳言骨鯁真宰相也遣使賜酴醾酒白氏六帖

酃渌

衡陽縣東二十里有酃湖周二十里深八尺湛然綠色土人取以釀酒其味醇美晉武平吳薦於太廟湘中記

郫筒

成都府西五十里曰郫縣郫人刳竹之大者傾春釀於筒包以藕絲蔽以蕉葉信宿聲透于林外然後斷之以獻俗號郫筒酒 風俗録

箬下 一作若

吳興箬溪多生箭箬南岸曰上箬北岸曰下箬土人取下箬水釀酒極醇美吳録云烏程若下酒七命云酒則荊南烏程烏程即吳興縣名

宜城

宜城醪蒼梧清酒名也一名宜春王烈之安成記云安成宜春縣出美酒謂之宜春醇酎又張華輕薄篇云蒼梧竹葉清宜城九醖酒是也

曲阿

曲阿出名酒皆云後湖水所釀故醇烈也今按湖水上承丹徒高驪覆舟山馬林溪水水白味甘寰宇記

梨花

杭州俗釀酒趁梨花時熟名梨花春白樂天杭州春望詩有云青旗沽酒趁梨花是也又圖經云杭州食貨有梨花乾酒之上者

竹葉

吳志烏程酒有竹葉春杜子美九日詩云竹葉於人既無分菊花從此不須開 又有金陵春李白詩云甕中百斛金陵春又有麯米春杜甫詩云聞道雲安麯米春

又有拋青春韓愈詩云且可勤買拋青春　又有松醪春見裴鉶傳奇凡酒以春爲名者皆取毛詩爲此春酒以介眉壽之義已上名品

君山

湘中記云道士言君山左右皆有美酒得飲之者不死又岳陽風土記云寺僧春時

往往聞酒香尋之莫知其處

蓬萊

楊羲會蓬萊仙客洛廣休既下山半遇許主簿語之曰吾爲汝置酒四升在山上可往飲之此太平家酒治人腸也諺曰欲得長生飲太平真誥

金液

王母會帝于嵩山飲帝以金液流暉之酒又有延洪壽光之酒黃帝內傳

玉饋

西北荒中有玉饋之酒酒美如玉澄清如鏡上有玉尊玉籩取一尊一尊復生焉與天同休無乾時飲此酒人不生死神異經

琬琰之膏

穆王東巡大騎之谷指春宵宮西王母乘翠鳳之輦而來共玉帳高會薦清澄琬琰之膏以爲酒拾遺記

瑤琨之碧

瑤琨去玉門九萬里有碧草如麥割之以釀酒味如醇酎帝坐神明臺酌瑤琨碧酒炮青豹之脯果則塗陰紫梨琳國碧李仙

衆與食之。洞冥記

玄碧之香

安期先生與神女會于圜丘酣玄碧之香酒。列仙傳

瓊粭

謝玄卿遇神女設瓊粭酒。續仙傳

瓊蘇

南岳夫人設王子喬瓊蘇酒。上

仙漿

栒樓國有仙樹腹中有水謂之仙漿飲者十日醉。物類相感志

瑞露

田璆鄧韶携觴晚道遇書生曰其有瑞露之酒釀于百花之中不知與足下乾和五

酘孰愈耳與飲其味甘香無比嵩岳嫁女記已上俱品

洪梁

武帝思懷李夫人親侍覺帝容愁怨乃進洪梁之酒酌以文螺之巵巵出波斯之國酒出洪梁之縣縣屬右扶風至哀帝廢此邑今言雲陽出美酒兩聲相亂矣帝飲三

爵色悅心歡拾遺記

千里

任昉謂劉杳曰酒有千里當是虛言杳曰桂陽程鄉有千里酒飲之至家而醉亦其例也昉大驚曰吾自當遺忘實不憶此杳曰出楊元鳳所撰梁書

楉汁

又杳在昉坐有人饋昉楷酒而作榐字昉問此字是否杳曰葛洪字苑作木旁若楉音振木名其汁可以爲酒上

龍膏

順宗時處士伊初玄召入宫飲龍膏酒黑如純漆飲之令人神爽此本烏弋山離國所獻杜陽雜編

澄明

武宗會昌元年夫餘國貢火玉才人常用煎澄明酒其酒亦異方所貢也色如紫膏飲之令人骨香上

露漿桂醞

同昌公主上每賜御饌其酒則有凝露漿桂花醞上

停花懸樹

南海頓遜國有酒樹似安石榴採其花汁停甕中數日成酒甘美南史

西南夷有樹類櫻高五六丈結實大如李土人以麴納罐中以索懸罐于實下倒其實取汁流于罐以爲酒名曰樹頭酒雲南志

椒花

朱崖郡以土爲釜器用瓠瓢無水人飲石汁又有椒似安石榴花着甕中經旬即成酒其味香美甚醉人十道志

橎汁

山海經橎汁甘爲酒齊民要術沈約集皮日休集皆有橎酒天中記

夷釀

三佛齊有柳花酒椰子酒檳榔酒皆非麴蘗取醞飲之亦醉扶南石榴酒辰溪鈎藤酒赤土國甘蔗酒（孫公談圃）（已上異品）

舉白浮君（以下八則補敘觴政）

魏文侯與大夫飲酒使公乘不仁爲觴政曰飲不釂者浮以大白文侯飲而不盡釂不仁舉白浮君君不應不仁曰君令不行可乎君舉白而飲畢曰以公乘不仁爲上客（說苑）

三三兩兩

王肅與孝文帝殿會帝因舉酒曰三三橫兩兩縱誰能辨之賜金鍾彭城王勰曰臣解此是習字高祖卽以金鍾賜之（伽藍記）

馳馱竈

進士顧非熊相國令狐楚聞其辨捷乃改一字令云水裏取一鼉岸上取一驢將這驢來馱這鼉是爲驢馱鼉非熊曰屋頭取一鴿水裏取一蛤將這鴿來合這蛤是爲鴿合蛤紀異錄

白玉石

陶穀使越越王因舉酒令曰白玉石碧波

亭上迎仙客陶對曰口耳王聖明天子要錢塘宣和閒林攄奉使契丹國其中新爲碧室云如中國之明堂伴使舉令云白玉石天子建碧室林對曰口耳王聖人坐明堂伴使曰奉使不識字只有口耳壬郎無口耳王林詞窘罵之幾辱命雲麓漫抄

字旁爲率

宋時有以進士爲舉首者其黨人意侮之會其人出令曰以字偏旁爲率曰金銀釵釧鋪次一人曰絲綿紬絹綱至其黨人曰鬼魅魍魎魁（貢父詩話）

體物押韻

楊大年于丁謂席上舉令云有酒如線遇斟則見丁云有餅如月因食則缺（續青瑣高議）

卦名證人

東坡一日會客坐客舉令欲以兩卦名證故事一人云孟嘗君門下三千客大有同人一人云光武兵渡滹沱未濟既濟一人云劉寬婢羹汙朝衣家人小過東坡云牛僧孺父子犯罪先斬小畜後斬大畜盖譏荆公父子也（晒玉集）

鵲尾指人 以下七則補叙杯勺

陳思王有鵲尾杓柄長而直置之酒樽凡王有欲勸飲者呼之則尾指其人 朝野僉載

鶴足傾側

韓王元嘉有一銅鶴樽背上注酒則一足倚滿則正不滿則傾側 上

自暖盃

内庫有一酒盃青色而有紋如亂絲其薄如紙於盃足上有縷金字名曰自暖盃上令取酒注之温温然有氣相次如沸湯遂收於内庫 唐書

又

丁石韞監花鷹榷場一日數胡兒用綿裹一物至玉柱碗也表裏瑩徹無纖瑕鏒

亦工注酒頃刻即溫碗底刻安美二字云得於長安古壙中清波雜志

破壺盃

劉卿任待制言宣和時王黼宴從官于私第各出一寶罷勸酒侍兒捧一物至卿任前宛若疊縠俄而瀉酒錚然有聲隨酒漲起酒滿如常盃飲盡復如故名破壺盃云南方軟琉璃也南墅閑居錄

碧瑤盃

杜陵韋弁遊蜀春末南出鄭氏亭有仙女曰我玉清之女此玉清宮也命酒樂宴亭中出一杯色碧而光瑩洞徹顧謂弁曰碧瑤杯也宣室志

鸂鶒巵

莊宗年十一從晉王討王行瑜初令入覲獻捷昭宗一見駭異之撫其背曰我兒將來之國棟勿忘忠孝於我家乃賜鸂鶒酒卮翡翠盤北夢瑣言

酒顛補卷中終

酒顛補卷下

茸城眉公陳繼儒采輯

飲酒　以下補叙詩文

晉陶淵明

有客常同止。趣捨邈異境。一士長獨醉。一夫終年醒。醒醉還相笑。發言各不領。規規一何愚。兀傲差若頴。寄言酣中客。日沒燭當炳。

故人賞我趣。挈壺相與至。班荆坐松下。數斟已復醉。父老雜亂言。觴酌失行次。不覺知有我。安知物爲貴。悠悠迷所留。酒中有眞味。

對酒

梁張率

對酒誠可樂。此酒復芳醇。如華良可貴。似乳更非珍。何當留上客。爲寄掌中人。金樽

清復滿玉缸無來親詎能共遲暮對[illegible]
芳晨君歌尚未能却坐避梁塵

田飲引　　梁朱异

卜田宇兮京之陽面清洛兮背脩邙屬風林之蕭瑟值寒野之蒼茫鵬紛紛而聚散鴻冥冥而遠翔酒沉兮俱發雲沸兮波揚豈味薄於東魯鄙蜜甜於南湘於是客有不速朋自遠來臨清池而滌罍闢山牖而飛觴促膝兮道故久要兮不忘間談希夷之理或賦連翩之章

對酒　　陳張正見

當歌對玉酒匡坐酌金罍竹葉三清泛蒲萄百味開風移蘭氣入月逐桂香來獨有劉將阮忘情寄羽杯

獨酌謠　陳沈炯

獨酌謠獨酌獨長謠智者不我顧愚夫予未要不愚復不智誰當予見招所以戒獨酌一酌傾一瓠生涯本漫漫神理暫超超再酌驚許史三酌傲松喬頻煩四五酌不覺凌丹霄倏爾厭五鼎俄然賤九韶彭殤無異葬夷跖可同朝龍蠖非不屈鵬鷃但

逍遥寄語號呶侶無乃太塵囂

賜魏證　唐太宗

醽醁勝蘭生翠濤過玉薤千日醉不醒十年味不敗

看釀酒　唐王績

六月調神麴正朝汲美泉從來作春酒未省不經年

詠酒　唐李嶠

孔坐洽浪傳陳筵幾獻酬臨風竹葉滿湛月桂香浮每接高陽宴長陪河朔遊會從玄石飲雲雨出圓丘

飲中八仙歌　唐杜甫

知章騎馬似乘船眼花落井水底眠汝陽三斗始朝天道逢麴車口流涎恨不移封

向酒泉左相日興靡萬錢飲如長鯨吸百川銜杯樂聖稱世賢宗之瀟灑美少年舉觴白眼望青天皎如玉樹臨風前蘇晉長齋繡佛前醉中往往愛逃禪李白一斗詩百篇長安市上酒家眠天子呼來不上船自稱臣是酒中仙張旭三杯草聖傳脫帽露頂王公前揮毫落紙如雲煙焦遂五斗

方卓然高談雄辯驚四筵賀知章汝陽王璡李適之崔宗之蘇晉李白張旭焦遂

湖中對酒　唐張謂

夜坐不厭湖上月晝行不厭湖上山眼前一樽又常滿心中萬事如等閒主人有黍萬餘石濁醪數斗應不惜即今相對不盡歡別後相思復何益茱萸灣頭歸路賒願

君且宿黄公家風光若此人不醉參差辜負東園花

待酒　唐李白

玉壺繫青絲沽酒來何遲山花向我笑正好銜杯時晚酌東籬下流鶯復在兹春風與醉客今日且相宜

山中與幽人對酌　前人

兩人對酌山花開一杯一杯復一杯我醉欲眠君且去明朝有意抱琴來。

獨酌　　前人

春草如有意羅生玉堂陰東風吹愁來。白髮坐相侵獨酌勸孤影閒歌面芳林長松爾何知蕭瑟爲誰吟。

月下獨酌三首　　前人

花間一壺酒獨酌無相親舉杯邀明月對影成三人月既不解飲影徒隨我身暫伴月將影行樂須及春我歌月徘徊我舞影凌亂醒時同交歡醉後各分散永結無情交相期邈雲漢。

天若不愛酒酒星不在天地若不愛酒地應無酒泉天地既愛酒愛酒不媿天已聞

清比聖復道濁如賢賢聖既已飲何必求神仙三杯通大道一斗合自然但得醉中趣勿爲醒者傳

窮愁千萬端美酒三百杯愁多酒雖少酒輕愁不來所以知酒聖酒酣心自開辭粟臥首陽屢空饑顏回當代不樂飲虛名安用哉蟹螯即金液糟丘是蓬萊且須飲美酒乘月醉高臺

將進酒

前人

君不見黃河之水天上來奔流到海不復回君不見高堂明鏡悲白髮朝如青絲暮如雪人生得意須盡歡莫使金樽空對月天生我才必有用黃金散盡還復來烹羊宰牛且爲樂會須一飲三百杯岑夫子丹

丘生與君歌一曲請君爲我聽鐘鼓饌玉不足貴但願長醉不願醒古來聖賢皆寂寞惟有飲者留其名陳王昔時宴平樂斗酒十千恣歡謔主人何爲言少錢且須沽酒對君酌五花馬千金裘呼兒將出換美酒與爾同消萬古愁

將進酒　唐李賀

琉璃鍾琥珀濃小槽酒滴眞珠紅烹龍炮鳳玉脂泣羅屏繡幙圍春風吹龍笛擊鼉鼓皓齒歌細腰舞況是青春日將暮桃花亂落如紅雨勸君終日酩酊醉酒不到劉伶墳上土

與諸客空腹飲　唐白居易

隔宿書招客平明飲暖寒麴神寅日合酒

聖卯時歡促膝纔飛白酡顏已渥丹碧籌
攢采碗紅袖拂骰盤醉後歌尤異狂來舞
可難拋盃語同坐莫作老人看

何處難忘酒二首　前人

何處難忘酒天涯語舊情青雲俱未達白
髮遞相驚二十年前別三千里外行此時
無一盞何以叙平生

何處難忘酒朱門美少年春分花發後寒
食月明前小院廻羅綺深房理管絃此時
無一盞爭過艶陽天

不如來飲酒四首　前人

莫隱深山去君應到自嫌齒傷朝水冷貌
苦夜霜嚴漁去風生浦樵歸雪滿巖不如
來飲酒相對醉厭厭

莫作農夫去君應見自愁迎春犁瘦地趁
晩餒羸牛數被官加稅稀逢歲有秋不如
來飲酒相伴醉悠悠
莫學長生去仙方悞殺君那將薤上露擬
待鶴邊雲矻矻皆燒藥纍纍盡作墳不如
來飲酒閑坐醉醺醺
莫入紅塵去令人心力勞相爭兩蝸角所
得一牛毛且滅嗔中火休磨笑裏刀不如
來飲酒穩臥醉陶陶

勸酒　　前人

勸君一杯君莫辭勸君兩杯君莫疑勸君
三杯君始知面上今日老昨日心中醉時
勝醒時天地迢迢自長久白兔赤烏相趁
走身後堆金拄北斗不如生前一杯酒

勸酒　唐孟郊

白日無定影清江無定波人無百年壽百年復如何堂上陳美酒堂下列清歌勸君金屈巵勿謂朱顏酡松柏歲歲茂丘陵日日多君看終南山千古青峩峩

勸酒　唐李敬方

不向花前醉花應觧笑人只憂連夜雨又

過一年春日日無窮事區區有限身若非杯酒裏何以寄天眞

勸酒　唐武瓘

勸君金屈巵滿酌不須辭花發多風雨人生足別離

酒中十詠序 詩不佳不録　唐皮日休

鹿門子性介而行獨於道無所全於才

無所全於進無所全於退無所全豈天
民之惷者耶然進之與退天行未覺於
余也則有窮有阨有病有殆果安而受
耶未若全於酒也夫聖人之誡酒禍也
大矣在書爲沈湎在詩爲童羖在禮爲
豢豕在史爲狂藥余飲至酣徒以爲融
肌柔神消沮迷喪頹然無思以天地大

順爲提封傲然不持以洪荒至化爲爵
賞抑無懷氏之民乎葛天氏之民乎苟
沈而亂狂而酗禍而族眞蚩蚩之爲也
若余者於物無所斥於性有所適眞全
於酒者也意天之不全余也多矣獨以
麴蘖全之抑天猶幸於遺民焉太玄曰
君子在玄則正在福則冲在禍則反小

人在玄則邪在福則驕在禍則窮余之於酒得其樂人之於酒得其禍亦昔是而已矣於是徵其具悉爲之詠用繼東皐子酒譜之後夫酒之始名天有星地有泉人有鄉今總而詠之者亦古人初終必全之義也天隨子深於酒道寄而請之和

和皮襲美酒中十詠　唐陸龜蒙

酒星

萬古醇酎氣結而成晶熒降爲嵇阮徒動與樽罍幷不獨祭天廟亦應邀客星何當八月槎載我遊青冥

酒泉

初懸碧崖口漸注青谿腹味既敵中山飲

寧拘一斛春疑浸花骨暮若酣雲族此地得封侯終身持美祿

酒蒭

山齋醞方熟野童編近成持來歡伯內坐使賢人清不待盎中滿旋供花下傾汪汪日可挹未羨黃金籯

酒牀

六尺樣何奇溪邊濯來潔糟深貯方半石重流還咽閒移秋病可偶聽寒夢缺徃徃枕眠時自疑陶靖節

酒壚

錦里多佳人當壚自沽酒高低過反坫大小隨圓瓻數錢紅燭下滌器春江口君得奉君歡十千求一斗

酒樓

百尺江上起東風吹酒香行人落帆上遠樹涵殘陽凝眸復凝眸一觴還一觴須知凭欄客不醉難爲腸

酒旗

搖搖倚青岸遠蕩遊人思風歛翠竹杠雨澹香醪字纔來隔煙見已覺臨江遲大旆非不榮其如有王事

酒樽

黄金即爲侈白石又太拙斵得奇樹根中如老蛟穴時招山下叟共酌林間月盡醉兩忘言誰能作天舌

酒城

何代驅生靈築之爲釀地殊無甲兵守但

有糟漿氣雉堞屹如狂女墻低似醉必若據而爭先登儀狄氏

酒鄉

誰知此中路暗出虛無際廣莫是隣封華胥爲附麗三杯聞古樂俏雅逢遺裔自爾等榮枯何勞問玄第

容南太守合酒詩并序　宋羅大經

余頃在太學時同舍以思堂春合潤州壯府兵厨以慶遠堂合嚴州瀟灑泉飲之甚佳余曰不剛不柔可以觀德非寬非猛可以觀政矣厥後官於容南太守王元邃以白酒之和者紅酒之勁者手自劑量合而爲一殺以白灰一刀圭風韻頓奇索余作詩余爲長句云

小槽真珠太森嚴兵厨玉友專甘兩家風味欠商略偏剛偏柔俱可憐使君袖有調元手麯蘖杓中平等分更憑石髓媒妁之混融併作一家春季良不用笑伯高張竦何必譏陳遵時中便是尼父聖孤竹柳下成一人平雖有智難獨任勃也未可嫌少文黄龔丙魏要兼用姚宋相濟成開元

試將此酒反觀我胸中問學當日新更將此酒達觀國宇宙皆可歸經綸書生觸處便饒舌以一貫萬如斵輪使君聞此却絶倒罰以大白眠金樽

月下傳杯　宋楊誠齋

老夫渴急月更急酒落杯中月先入領取青天併入來和月和天都蘸濕天既愛酒

自古傳月不解飲眞浪言舉杯將月一口吞舉頭望月猶在天老夫大笑問客道月是一團還兩團酒入詩腸風火發月入詩腸氷雪潑一杯未盡詩已成誦詩向天天亦驚焉知萬古一骸骨酌酒更吞一團月

酒箴　　漢楊雄

觀瓶之居居井之湄處高臨深動常近危酒醪不入藏水滿懷不得左右牽於纆徽一旦叀礙爲瓽所轠身投黃泉骨肉爲泥自用如此不如鴟夷鴟夷滑稽腹大如壺盡日盛酒人復借沽常爲國器託於屬車出入兩宫經營公家由是言之酒何過乎

與曹操書　　漢孔融

酒之爲德久矣古先哲王類帝禋宗和神

定人以濟萬國非酒莫以也故天垂酒星之耀地列酒泉之郡人著旨酒之德堯不千鍾無以建太平孔非百觚無以堪上聖樊噲解尼鴻門非豕肩鍾酒無以奮其怒趙之廝養東迎其王非引卮酒無以激其氣高祖非醉斬白蛇無以暢其靈景帝非醉幸唐姬無以開中興袁盎非醇醪之力

無以脫其命定國不酣飲一斛無以決其法故酈生以高陽酒徒著功於漢屈原不餔糟歠醨取困於楚由是觀之酒何負於政哉

又書　　前人

昨承訓荅陳二代之禍及衆人之敗以酒亡者實如來誨雖然徐偃王行仁義而亡

今令不絕仁義燕噲以讓失社稷今令不
禁謙退魯因儒而損今令不棄文學夏商
亦以婦人失天下今令不斷婚姻而將酒
獨急者疑但惜穀耳非以亡王爲戒也

與兄子秀書　　梁陳暄

具見汝書與孝典陳吾飲酒過差吾有此
好五十餘年昔吳國張公亦稱躭嗜吾見
張公時仍已六十自言引滿大勝少年時
吾今所進亦勝於往日老而彌篤唯吾與
季舒耳昔阮咸阮籍同遊竹林宣子不聞
斯言王湛能玄言巧騎武子呼爲痴叔何
陳留之風不嗣太原之氣巋然翻成可怪
吾既寂寥當時朽病殘年產不異於顏原
名未動於卿相若不日飲醇醪復欲安歸

汝以飲酒為非吾以不飲為過昔周伯仁渡江唯三日醒吾不以為少鄭康成一日三百盃吾不以為多然洪醉之後有得有失成厮養之志是其得也使次公之狂是其失也吾嘗譬酒猶水也可以濟舟亦可以覆舟故江諮議有言酒猶兵也兵可千日而不用不可一日而不備酒可千日而不飲不可一日而不醉美哉江公可與同

論酒矣汝驚吾墮車侍中之門陷池武陵之第遍布朝野自言憔悴丘也幸苟有過人必知之吾平生所願身沒之後題吾墓云陳故酒徒陳君之神道若斯志意豈避南征之不復賈誼之慟哭者哉何水曹眼不識盃鐺吾口不離瓢杓汝寧與何同日

而醒與吾同日而醉乎政言其醒可及其醉不可及也速營糟丘吾將老焉

酒顛補卷下終

图书在版编目（CIP）数据

酒颠 /（明）夏树芳辑；（明）陈继儒补正．—北京：中国书店，2013.8

ISBN 978-7-5149-0807-7

Ⅰ.①酒…　Ⅱ.①夏…②陈…　Ⅲ.①酒—文化—中国—古代　Ⅳ.①TS971

中国版本图书馆 CIP 数据核字（2013）第 118863 号

ISBN 978-7-5149-0807-7

酒顛　附 酒顛補

一函二册

作者　明·夏樹芳輯　明·陳繼儒補正

出版發行　中國書店

地址　北京市西城區琉璃廠東街一一五號

郵編　一〇〇〇五〇

印刷　杭州蕭山古籍印務有限公司

版次　二〇一三年八月第一版第一次印刷

書號　ISBN 978-7-5149-0807-7

定價　五八〇元